ওয়াল্ট ডিজনী অফ্ 'ইণ্ডিয়া' অফ্ কমিক্সের সম্পাদক মরিস হর্ণ, কার্টুনিস্ট প্রাণকে স্তওয়াল্ট ডিজনী অফ্ ইণ্ডিয়াদ্দ আখ্যা প্রদান করেছেন।

ওনার কমিক্সগুলো প্রজন্মের-পর-প্রজন্ম ধরে সর্বদা যুবাদের সাথী হয়ে থেকেছে। তাঁরা প্রাণের সৃষ্ট চরিত্র চাচা চৌধুরী, সাবু, শ্রীমতি জী, পিঙ্কী, বিল্লু এবং রমন ইত্যাদিদের মনোরঞ্জনের ভরপুর মজা উঠিয়েছেন। প্রাণের 600-রও বেশী টাইটেল বাজারে বিক্রী হচ্ছে আর বেশ কয়েক ডজন স্ট্রিপস্ প্রতি দিন সংবাদপত্রগুলোয় ছাপা হচ্ছে। চাচা চৌধুরীর ওপরে আধারিত প্রস্তুত টি.ভি. সিরীয়ালের লাগাতার 600 এপিসোড এক মুখ্য চ্যানেলে দেখানো হয়েছে।

বিশ্বের বেশ কিছু দেশের সফর করা, প্রাণকে 'লিম্কা বুক অফ্ রেকর্ডস' 'পীপল অফ্ দ্য 'ইয়ার' পুরস্কার দ্বারা সম্মানিত করেছে। 1983 সালে প্রাণের কমিক্স 'রমন - আমরা সবাই এক'-য়ের বিমোচন তৎকালীন প্রধানমন্ত্রী শ্রীমতি ইন্দিরা গান্ধী করেন।

– প্রকাশক

AF658178

শার্ট ব্রেক ? আপনার নামটা বড়ই অদ্ভূত !
আমি যখন প্রথম বার ডায়রেক্টরের কাছে গিয়েছিলাম, তখন উনি বলেছিলেন...।
তোমার নাম পাল্টে শার্ট ব্রেক রাখলে কেমন হয় ?
আমি কি কোন সিরীয়ালে রোল পেতে পারি ?
নিশ্চয়ই পারো। এই নাও আমার কার্ড। আমার ডায়রেক্টর নিজের পরের প্রোজেক্টের জন্য কোন টীনএজারের খোঁজ করছেন। এটা তোমার পক্ষে এক ভালো সুযোগ হতে পারে।
বিল্লু কোন্ মেয়ের হাত ধরে যাচ্ছে ?

থ্যাঙ্কস্ !
বায় !
এখুনি ওকে মজা টের পাওয়াচ্ছি ।
কি ? কার সাথে লুকিয়ে-লুকিয়ে বন্ধুত্ব করা হচ্ছে ?
জোজী ! উনি হচ্ছেন বিখ্যাত টি.ভি. এ্যাক্ট্রেস শার্ট ব্রেক । উনি আমাকে সিরীয়ালে রোল দেবেন বলেছেন । এটা আমার কেরিয়ারের প্রশ্ন ।
ঠিক আছে... আমাদের বন্ধুত্ব শেষ !
বাহ ! কার্ডটা থেকে মৃদু-মৃদু সুগন্ধ ভেসে আসছে ।

ধড়াক্ ক্ !
সাউণ্ড... ক্যামেরা... এ্যাকশন !
স্যার ! কোন চান্স হবে ?
তুমি আমার পরের সিরীয়ালের জন্য পারফেক্ট হীরো হতে পারো... তোমাকে শুধু নিজের মাথার চুল ছোট করে কাটাতে হবে।
না !
জোজী ! আমি ভুল করেছিলাম... আমাকে ক্ষমা করে দাও।

সামার ক্যাম্প
আমাদের স্কুলের বাচ্চাদের ফিট্ থাকা উচিত।
ম্যাডাম! আপনিই কোন পরামর্শ দিন।
কাল থেকে স্কুলের সামার ক্যাম্প শুরু হচ্ছে। আমি ফিট্‌নেস কোচকে ইন্‌ভাইট করেছি।

পরের দিন...।
ইনি হচ্ছেন তোমাদের ফিট্‌নেস কোচ, ডাম্বল কুমার।
চলো, আমরা সবাই বাইরে গিয়ে ফিট্‌নেস ক্লাস শুরু করি।
এক্সারসাইজে জুডো আর গ্রাউণ্ডের রাউণ্ড লাগানো শামিল রয়েছে।
দৃঢ় ইচ্ছাশক্তির জোরে মজবুত পাথরও ভাঙা যেতে পারে।
হু-হুয়া !
ধড়াক্‌ক !

তডাক্ ক্ !
য়াহু-হু !
বয়েজ ! চলো, গ্রাউণ্ডের পাঁচ রাউণ্ড লাগাও।
ফাস্ট... ফাস্টার !
ওহো হ ! আমি হাঁফিয়ে উঠেছি।
আমার ক্ষিধে পেয়েছে... কিছু খাওয়া যাক।

দাঁড়াও। বার্গার খেলে ভুঁড়ি বাড়বে। এমনিতেই তোমার ভুঁড়ি বেড়ে রয়েছে।
এটা আমাকে দাও আর তুমি গ্রাউণ্ডের আরও দুটো রাউণ্ড লাগাও।
উফ ফ... কি গরম!! আইসক্রীম খাওয়া যাক।
আইসক্রীম এদিকে দাও। এতে প্রচুর মাত্রায় ক্যালোরী থাকে।
বাহ হ! কুল এ্যাণ্ড টেস্টী!
এই পেটুক কোচ তো আমাদের সবার জিনিষ কেড়ে খেতে শুরু করেছে।
আমার কাছে স্পেশাল পিজ্জা আছে। কোচ সেটা খেলে দারুণ মজা আসবে।

স্যার ! আমার মা টিফিনে পিজ্জা দিয়েছেন ।
তো ?
এতে ক্যালোরী আর ফ্যাট প্রচুর মাত্রায় থাকে ।
আপনি কি এটা খেয়ে হজম করতে পারবেন ?
আমার হজমশক্তি যথেষ্ট ভালো । আমি এটা সহজেই হজম করতে পারব ।
ওহো হ... প্রচণ্ড ঝাল !
জল !
হা ! হা ! !

রুমালী রুটী
মম্মী! আমি একটু মার্কেট থেকে ঘুরে আসছি।
গাড়ীতে বসে-বসে গুবোরুদ্দ লাগছিল।
বিল্লু! ভালোই হয়েছে, তোমার সাথে দেখা হয়ে গেল।

বলো, আমি তোমার জন্য কি করতে পারি ?
আমার প্রচণ্ড ক্ষিধে পেয়েছে ।
শহরে এক নতুন রেস্তোঁরা খুলেছে । ওখানকার রুমালী রুটী ফেমাস ।
চলো, টেস্ট করে আসা যাক ।
য়ু আর মাই বেস্ট ফ্রেণ্ড !
বন্ধুদের জন্য বান্দা অলওয়েজ রেডী !

দাঁড়াও... আমাদের গন্তব্যস্হল এসে গেছে।
SHOES
ভেতরে যাওয়া যাক।
RUMAALI JUNCTION
দুটো স্পেশাল রুমালী রুটী!
আর কোল্ড ড্রিঙ্কসও
RUMAALI
BURGER
ICECREAM
COFFEE
COLD DRINK
MENU
No. 045
রুমালী রুটী বানানোও এক প্রকারের আর্ট!
সররাট্ ট্!
সত্যি!

সররাট্ ট্ !
শেফ কি সুন্দর ভাবে রুটীকে শূণ্যে ঘোরায়।
ফর র !
অতুলনীয় ব্যালেন্স !
ফর র র !
ধপ্ প্ প্ !
এবার দ্বিতীয় রুটী !
ওহো হ!
ফর র !
ধপ্ প্ প্ !

ছক্কা !
আমাদের বোলারের স্পিন বোলিং-য়ের মোকাবিলা কেউ করতে পারে না।
বিল্লু... সামলাও !
ষ্টাক্ ক্ !

সররাট_ট_!
ধড়াক_ক_!
আমার জানলার কাঁচ ভাঙতে-ভাঙতে বেঁচে গেছে। তোমরা অন্য কোথাও গিয়ে খেলো।
?!
পাড়ার বাচ্চাদের বকাবকি কেন করছ ? মেট্রোপোলিটান সিটিতে খেলার পার্ক কোথায় ?
এটা তোমার ছোটবেলার গ্রাম নয়... যেখানে প্রচুর খোলা জায়গা রয়েছে।

জানলা খোলা রাখলে কাঁচ ভাঙার ভয় থাকবে না।
পরের ডেলিভারী!
ঠাক্ক্!
ধড়াক্ক্!
জানলা খোলা রাখায় টি.ভি. ভাঙতে-ভাঙতে বেঁচে গেছে।
এটাকে জানলার সামনে থেকে সরিয়ে দিলে এটা সুরক্ষিত থাকবে।

স্যুশ্ শ্ !
খড়াক্ ক্ !
ধড়াক্ ক্ !

হকার
ফেসবুকে ফ্রেণ্ডসদের মেসেজ করে দিই।
ফেসবুক কি তোমাকে খাবার জোটাবে ?
বাবা ! খাবারের কথা তো বলতে পারব না... তবে খাবার তৈরী করা লাইফ পার্টনার হয়তো জুটিয়ে দিতে পারে।

আপনি ছুটীতে গোয়া নিয়ে যাবেন বলেছিলেন... কিন্তু নিয়ে গেলেন না।
আমি আমার স্কুলের ছুটীতে জব করে নিজের পড়াশোনার খরচ ওঠাতাম।
ঠিক আছে। আমিও আপনার মত টাকা-পয়সা উপার্জন করব।
তাহলে তোমার জন্য আমি নিজেকে গর্বিত অনুভব করব।
গব্দু! আমি কি কোন জব পেতে পারি?
আমাদের ন্যুজপেপার বিক্রেতা একজন হকার খুঁজছিলেন। তুমি ট্রাই করে দেখতে পারো।
থ্যাঙ্কস্ ফর ইয়োর আইডিয়া!

এখানে কি হকারের কাজ পাওয়া যাবে ?
বুক ষ্টল
তোমার কাছে নিজের সাইকেল থাকলে কাল থেকে ম্যাগাজিন আর খবরের কাগজ বিলি করার কাজ শুরু করতে পারো।
পরের দিন...।
সাইকেল স্টোর রুমে রয়েছে।
বাবার দেওয়া সাইকেল আজ কাজে আসবে।

বাবা! আমি কাজে যাচ্ছি।
আমি এসে গেছি।
বুক ষ্টল
তোমাকে 'এ' ব্লকে ডেলিভারী করতে হবে।
আমি ফাস্ট সার্ভিস প্রোভাইড করব।
বিল্লু... কোথায় যাচ্ছ ?

জোজী! আমি স্তএন্দ ব্লকে খবরের কাগজ আর ম্যাগাজিন বিলি করার কাজ পেয়েছি।
ঐ ব্লকে তো সব উঁচু-উঁচু বিল্ডিং। তুমি ক্লান্ত হয়ে পড়বে।
আমি যে ভাবেই হোক্, কাজ চালিয়ে নেব।
বাহ!

বিল্লু
দ্য গোলফ্ কিং
পরের শটে বল সোজা হোলে ঢুকে যাবে !
ওহো হ ! গোলফ্ ক্লাবে মেঝের কার্পেট ছিঁড়ে গেল।
বিল্লু ! গোলফ্ বড় ময়দানে খেলতে হয়... ঘরে নয়।
স্যারি, মা !

ওদিকে, গব্দুদের বাড়ীতে...!
গব্দু! গোলফ্ খেলার জন্য মাঠ রয়েছে... ড্রইং রুম নয়!
ভুল হয়ে গেছে, মা!
তোমার গোলফ্ ক্লাব যাওয়া উচিত... বাড়ীর আসবাব-পত্র অনেক দামী।
আমি বিল্লুর কাছে যাই। দুজনে মিলে গোলফ্ ক্লাব যাব।
গোলফ্ খেলতে যাবে?
চলো, যাওয়া যাক।
সিটি গোলফ্ ক্লাবে যাওয়া যাক।

আরে... নন্টুও গোলফ্ খেলে ?
দারুণ শট !
স্টাক্ ক্ !
ও ভালোই শট লাগাচ্ছে ।
তার কারণ হচ্ছে ওর গার্লফ্রেণ্ড টীনার মরাল সাপোর্ট।
যদি তোমার গার্লফ্রেণ্ড জোজীও আজ এখানে তোমার পাশে থাকত !
গব্দু ! তুমি ঠিকই বলেছ ।
আমাকে গোলফ্ কিং হতে হলে জোজীর পাশে থাকাটা অত্যন্ত জরুরী !

আমি ভেতরে গিয়ে জোজীকে ডেকে নিয়ে আসছি।
কর্ণেল সাহেব! আপনি কি মরাল সাপোর্ট দেওয়ার জন্য জোজীকে আমার সাথে গোলফ্ কোর্সে পাঠাতে পারবেন?
এর অর্থ হচেছ এই যে, তুমি অনুমতি পাওনি!

অবলা জানোয়ার
মোতি ! তুমি এত ভয় পেয়ে আছো কেন ?
এসো, আমি দেখছি... কে তোমাকে মেরেছে ?
গোঞ্জা ! তুমি আমার কুকুরকে মেরেছ ?

তোমার কুকুর সারা দিন আমার দোকানের বাইরে দাঁড়িয়ে থাকে... যার ফলে আমার দোকানের খদ্দেররা ভয় পেয়ে আসে না।
তার জন্য তোমাকে এই বোর্ডটা সরাতে হবে। মোতি মনে করে যে, কখনো হয়তো এই হাড়টা বোর্ড থেকে পড়বে আর ও সেটা খেতে পাবে।
Chicken Corner
গোঞ্জা !
TEA
?!
SALE 50%
তুমি যতক্ষন এর সাথে তর্ক করছিলে... ঐ বেড়ালটা তোমার এক চিকেন নিয়ে পালিয়ে গেছে।

এসব তোমার জন্য হয়েছে।
SWEETS
আমি কেবল তোমাকে প্রশ্ন করেছিলাম... কিন্তু ঐ বেড়ালটা তোমার লোকসান করেছে।
আমি ওকে মেরেই ফেলব।
আমালর পুসীকে কে ভয় দেখিয়েছে ?
মিঁয়াউ!
ওহো... তাহলে তুমি আমার পুসীর পেছনে পড়ে রয়েছ ?

ঠাঁয় য় !
এখানে ও আমাকে দেখতে পাবে না।
কোথায় গেল ও ?
বিপদ কেটে গেছে।
?!
গর র র !

বাঁচাও !
ভৌ ! ভৌ ! !
বাড়ী পেন্ট করার জন্য রং গুলে নিয়েছি। ভেতর থেকে ব্রাশ নিয়ে আসি।
ওহো হ !
ভৌ ! ভৌ !!
হুপাকক্ !
গোঞ্জা ! অবলা জানোয়ারদের বিরক্ত করার ফল টের পাচ্ছ ?